BANQUET

DÉMOCRATIQUE DE LA MEURTHE

DONNÉ

A NANCY, LE 12 NOVEMBRE 1848.

NANCY,

TYPOGRAPHIE ET LITHOGRAPHIE DE NICOLAS, PASSAGE DU CASINO.

—

1848.

COMPTE-RENDU

DU

BANQUET DÉMOCRATIQUE

DONNÉ

A NANCY, LE 12 NOVEMBRE 1848.

La cause du peuple était ici délaissée ; sa grande voix se taisait; personne ne plaçait la main sur son cœur pour en signaler les battements : on le croyait mort.

C'est alors que nous avons publié *Le Travailleur*.

Ce Journal ne compte pas encore deux mois d'existence, et il a obtenu le plus grand succès qu'un journal de province ait jamais eu en un si court délai.

Mais ce n'était pas assez pour nous. Nous avions besoin de consulter le peuple sur notre œuvre ; nous voulions mesurer le degré de ses sympathies ; nous désirions connaître ses opinions, et nous avons imaginé à cet effet de le convier à un Banquet fraternel.

Et ici nos adversaires ne nous ferons pas le reproche de compter pour des adhésions des opinions différentes de la nôtre ; nous avons eu soin, avant d'ouvrir les listes de souscription, de publier un programme qui pût lever tous les doutes.

Voici ce programme :

Le système vacillant du Gouvernement provisoire, le système rétrograde et entaché d'arbitraire du Gouvernement de l'état de siége, ont réduit à la défensive tous ceux qui, en Février, saluaient l'aurore de notre régénération politique et sociale.

Aux fautes commises par le Gouvernement provisoire, dans lequel, il faut le dire, les vrais amis du peuple étaient en minorité, sont venues se joindre les fautes du Gouvernement de l'état de siége. Nos plus chères libertés nous ont été successivement arrachées par une coterie égoïste et peureuse ; notre politique extérieure a été amoindrie et compromise par un brillant rhéteur ; les peuples ont cessé de compter sur nous, et la vieille presse royaliste, égarant l'opinion publique, a constamment travesti les faits et calomnié les meilleurs républicains.

Enfin la marche de la réaction a été si rapide, que trois anciens partisans de la monarchie déchue viennent d'être nommés ministres de la République.

Un pouvoir est jugé quand il tend la main à ses ennemis naturels, et met en état de suspicion ceux qui l'ont fondé.

Disons-le haut, disons-le bien haut, la défiance est venue, et nos gouvernants assumeraient une terrible responsabilité si leur faiblesse, si leur incapacité ou leur mauvais vouloir perdaient notre chère République.

Pour conjurer ce malheur, pour que les trois mots sacrés *liberté, égalité, fraternité* ne soient pas un mensonge, il faut que les démocrates se connaissent tous, s'appuient les uns sur les autres, et forment un faisceau contre lequel puissent se briser les efforts des ennemis de la République.

Des banquets réformistes ont précédé la chute de Louis-Philippe ; des banquets républicains consolideront notre sainte cause.

Déjà beaucoup de ces manifestations patriotiques ont eu lieu sur tous les points de la France.

Le département de la Meurthe ne peut rester en arrière.

Un banquet populaire, désiré par nous, demandé par un grand nombre de nos amis politiques, aura lieu très-prochainement à Nancy, au prix de *un franc* par tête.

A ce banquet nous convions :

Nos frères des départements circonvoisins ;

Les vieux républicains d'avant 1830 ;

Les républicains qui ont traversé, purs de toute souillure, le règne corrupteur de Louis-Philippe ;

Les républicains qui veulent sincèrement le bien-être moral, intellectuel et physique des travailleurs ;

Ceux qui ne prennent pas le fait pour le droit, ceux qu'émeuvent les souffrances du peuple et qui cherchent sérieusement à les faire cesser ;

Ceux enfin qui veulent une république démocratique, et non une république conservatrice des abus et des intérêts monarchiques.

Démocrates de toutes les classes, bourgeois, ouvriers, répondez à notre appel! Venez resserrer les liens de confraternité qui nous unissent et protester contre les efforts de nos ennemis communs.

Mais qu'à cette fête de famille ne paraissent pas :

Ceux qui, semblables aux harpies de la Fable, saliraient de leur présence notre grande réunion;

Les monarchistes de toutes les couleurs ;

Ceux dont le fétichisme voudrait substituer le sabre à l'idée, l'empire illibéral, l'empire, sans le génie et la gloire militaire, au règne du peuple;

Ceux qui applaudissent à tous les actes du Gouvernement, fussent-ils attentatoires à la liberté ; ceux qui, protestant de leur patriotisme, pactisent avec nos adversaires, et dénigrent sans cesse les citoyens dont le républicanisme a été invariable;

Ceux qui, par entêtement systématique ou par esprit de camaraderie, ont trahi la cause du peuple en désignant à ses choix quelques représentants dont l'inintelligence, les tendances rétrogrades ou l'insouciance sont maintenant reconnues;

Et tous ceux qui se glisseraient parmi nous avec des pensées hostiles aux institutions démocratiques que l'avenir nous réserve.

Frères, entendez cet appel! Venez à nous, et bientôt, dans cette *Cène* populaire, nous pourrons retremper nos âmes et crier tous ensemble :

Vive la République!

La réunion avait été fixée au 12 novembre à midi, dans le manége du citoyen Bourreiff, au patriotisme et à la générosité duquel nous rendons ici hommage, par des remerciements bien sincères pour ses offres gratuites et bénévoles.

Au jour et à l'heure fixés, la salle fut ouverte aux souscripteurs.

Elle avait été décorée avec goût et surtout avec beaucoup de tact politique.

La tribune était élevée au fond de la salle. Au-dessus d'elle flottaient, entrelacés de drapeaux tricolores et réunis, les drapeaux suisse, polonais, allemand, américain, symbolisant ainsi l'union des peuples. Un niveau était placé au-dessous avec cette suscription : LIBERTÉ, EGALITÉ, FRATERNITÉ. Deux mains entrelacées complétaien t ce groupe.

A gauche et à droite de la tribune il y avait deux faisceaux de la république, entourés de drapeaux. Sur deux écussons on lisait : *République française*-1793, — *République française*-1848.

Le pourtour de la salle était décoré de drapeaux tricolores, surmontés de bannières et encadrant des écussons, qui mettaient pour ainsi dire sous les regards nos sentiments et nos principes, par les inscriptions suivantes :

Ordre, moralité, justice, amitié, concorde, amnistie générale, instruction gratuite, plus d'impôts indirects, impôt progressif, droit au travail, organisation du travail, répartition équitable des produits, droits, devoirs, solidarité, amour de la patrie.

On lisait encore sur des écussons le nom des départements et des villes qui étaient représentés dans cette fête patriotique.

Douze cents convives assistaient au banquet ; c'était tout ce que la salle pouvait contenir. Près de deux cents personnes des localités voisines qui nous avaient annoncé leur venue, en avaient été empêchées par le mauvais état des chemins.

Outre les députations des villes de la Meurthe, on remarquait les députations des départements de la Meuse, de la Moselle et des Vosges. Cette réunion fraternelle de républicains-démocrates appartenant à quatre départements a donné à la manifestation l'un des caractères les plus imposants.

A midi et demi, les citoyens Ribeyrolles, rédacteur en chef de la *Réforme*, et Léoutre, directeur-gérant de ce journal et ancien commissaire de la République, introduits par la Commission organisatrice du banquet, ont pris place à la table de la présidence.

Le citoyen Mathieu (d'Epinal), l'un des vétérans distingués, l'un des martyrs de la foi républicaine, qui était parti de Paris tout exprès pour se trouver à notre réunion, n'a pu arriver, à cause du retard des diligences, qu'après le banquet.

A l'ouverture de la séance par le Président, l'orchestre a joué *la Marseillaise*.

Le citoyen Quillen est monté ensuite à la tribune et a donné lecture des lettres suivantes :

« Mes chers concitoyens,

Mille remerciements pour l'honorable invitation que vous avez bien voulu m'adresser. Mille excuses de ne pouvoir point l'accepter. Je souffre en ce moment d'un rhumatisme de prison qui me tient perclus de mes membres, et qui ne me laisse de libre que le cœur et les lèvres pour crier avec vous: *Vive la République démocratique et sociale !*

Salut et fraternité. Félix Pyat.

» Paris, 10 novembre 1848.

Les Ouvriers de Metz à leurs frères de Nancy :

« Metz, le 10 novembre 1848.

Frères,

L'invitation amicale que vous nous avez adressée a été accueillie avec faveur. Nous regrettons vivement qu'un plus grand nombre d'entre nous ne puissent assister à cette grande fête populaire, où les liens de la fraternité doivent se resserrer de plus en plus.

La députation de Metz, quelque faible qu'elle soit, sera près de vous l'interprète des sentiments de confraternité qui nous animent, et nous profitons de sa présence parmi nos frères de Nancy, pour les convier tous au banquet démocratique et social qui s'organise à Metz pour le 26 novembre.

Nous avons l'espoir, frères, que cet appel sera entendu par un grand nombre de vous.

Salut et fraternité.

Lambry, *président du comité ;* J. Ronfort, *typographe ;* Touchet, *charron ;* H. Humbert ; Halet, *relieur-papetier ;* Germain, *serrurier ;* Henry, *négociant ;* J. Kwietkowiki. »

« Dijon, le 9 novembre 1848.

Citoyens,

Je viens en mon nom et au nom des démocrates dijonnais, vous remercier de l'invitation toute fraternelle que vous avez bien voulu nous adresser par votre lettre du 7. Les démocrates de Dijon eussent été heureux de pouvoir s'asseoir à vos côtés au banquet démocratique que vous organisez pour dimanche; mais des devoirs impérieux retiennent en ce moment à leur poste tous les républicains de notre ville. Cependant, que vos compatriotes soient bien convaincus que tous ici nous nous associons avec empressement à la manifestation qui va avoir lieu à Nancy, et c'est avec le plus vif regret que nous nous sommes décidés à n'assister que par la pensée à votre fête démocratique et sociale. Entre les Bourguignons et les braves Lorrains, c'est à la vie, à la mort.

Salut et fraternité.

LANGERON, rédacteur en chef du *Citoyen*.

Il a été également donné lecture d'une lettre collective des représentants Deville, Félix Pyat, Mathieu (de la Drôme), Pegot-Augier, qui s'unissent d'intention à nous.

Vers une heure les portes ont été ouvertes au public non souscripteur, et les tostes ont commencé.

Le premier toste a été porté par le citoyen Léoutre, président du Banquet, dans les termes suivants :

A LA RÉVOLUTION DE 1848.

Citoyens,

Il y a un an que, dans tout le pays, s'organisaient des banquets où la démocratie venait protester énergiquement contre un odieux système de corruption et de honte ; et sous l'exécration publique, avivée par ces patriotiques réunions, le gouvernement de Louis-Philippe est tombé ! (Tant mieux !) Du haut des barricades de Février, la République est proclamée par le Peuple de Paris, et la France entière tressaille d'orgueil et d'espérance à la nouvelle de son émancipation.

Huit mois à peine se sont écoulés, et déjà nous voici, les mêmes, réunis pour de nouvelles protestations, pour exprimer de nouveaux vœux. *Les mêmes*, je me trompe ; notre armée s'est considérablement recrutée parmi les gens de bonne foi et d'intelligence, et si quelques-uns de ses vaillants soldats de la veille, moins convaincus aujourd'hui de la nécessité absolue des réformes sociales, ne viennent pas s'asseoir auprès de nous..... Passons ; — (Sensation !) il y a si peu de temps que nous les nommions nos frères ; — laissons à leur conscience le soin de leur donner à cette heure de sévères avertissements. (Applaudissements.)

D'autres aussi ne peuvent prendre place à nos banquets fraternels... leur ardent amour pour la liberté, les services rendus à la cause de l'ordre et du progrès, leurs études conscieucieuses, leurs courageux efforts et leur caractère d'élus de la Nation, n'ont pu les protéger contre la haine de nos ennemis; ou plutôt, c'est de leur dévouement à la révolution qu'on leur a fait un crime.

Donnons un souvenir de vive sympathie à nos chers exilés. (Bravo! Vive Caussidière! vive Louis Blanc!)

Je le répète, huit mois se sont à peine écoulés, et déjà nous nous réunissons de nouveau pour puiser dans cette communion civique la force et l'intelligence nécessaires aux luttes légales qu'il nous faut encore entreprendre.

C'est que la Révolution de 1848 n'a point encore donné tout ce qu'elle portait dans ses flancs généreux; c'est qu'elle n'a pas encore répondu à son triple caractère, politique, social, national.

C'est que dans l'ordre politique, si nous avons aujourd'hui le suffrage universel, la plus importante des conquêtes, les hommes qui sont sortis de ce suffrage, et qui devaient le féconder, ont été choisis parmi ceux qui se sont toujours montrés ses obstinés adversaires, et qui portent et soutiennent au gouvernement de la République les partisans intimes de la monarchie. (C'est vrai!—c'est vrai! bravo!)

Et si nous n'y prenons garde, de faiblesse en faiblesse, de peur en peur, on parviendra peut-être à arracher à la Nation ou à émousser dans ses mains l'arme qui fait sa toute-puissance et l'effroi de la contre-révolution.

En effet, voyez, citoyens, avec quel acharnement, quel concert d'efforts, les hommes de la réaction cherchent à ressaisir leurs priviléges!

Quels moyens ont-ils négligés?

La calomnie a-t-elle assez de venin pour les servir, la peur assez de sombres tableaux, le mensonge assez de ressources?

Si les affaires et les transactions sont paralysées, — c'est à la République, incompatible selon les réactionnaires avec les intérêts du commerce et de l'industrie, qu'il faut attribuer ce malaise; si le crédit public s'effraie, si les finances de l'Etat semblent ruinées, — c'est à l'établissement de la République qu'il faut en demander compte.

Dans les exploitations particulières et à l'exemple des administrations publiques, s'ils font subir, parmi ceux qu'ils emploient, des réductions de *personnel* et de *salaire*, — c'est sur la République qu'ils font peser la responsabilité des privations qu'ils imposent.

Dans les établissements de charité, où la voix de l'humanité

1.

devrait seule se faire entendre, dans les hôpitaux même, c'est en déplorant les malheurs, suite de l'établissement de la République, qu'on ferme la porte aux malheureux.(C'est vrai ! — Bravo.)

Tout enfin est entrepris pour désaffectionner le pays du gouvernement du droit, en cherchant dans cette conspiration habile à faire valoir les avantages du gouvernement du privilége.

Vous le voyez donc, citoyens, l'ordre politique réclame encore aujourd'hui de radicales réformes.

Dans l'ordre social, où sont les améliorations promises?

Où sont ces institutions de crédit, de prévoyance, d'assistance et de solidarité?

Qu'a-t-on fait pour le travail? (De toutes parts : Rien !)

Qu'a-t-on fait pour l'instruction du peuple? (Rien!)

Qu'a-t-on fait pour la répartition équitable de l'impôt? (Rien!)

Qu'a-t-on fait enfin pour l'anéantissement du prolétariat? (Rien! — Rien! — Rien!)

Ainsi, dans la voie des améliorations sociales pour lesquelles le peuple a toujours si généreusement répandu son sang, au nom desquelles il a vaincu en Février, tout est encore à faire ! (C'est vrai!)

Mais pouvons-nous attendre ces réformes des hommes à qui sont confiées aujourd'hui les destinées de notre révolution? (Non!)

Pour l'honneur national, pour notre rôle de noble initiative chez les peuples, qu'a-t-on fait?

L'Italie, l'Allemagne, toute l'Europe se soulève au bruit de notre victoire et tente pour sa délivrance un énergique effort, sûre maintenant d'être soutenue dans cette lutte du droit contre la violence par la France républicaine.........

Aurons-nous encore la douleur d'entendre cette réponse à la tribune nationale :

L'ordre règne à Berlin, à Vienne, à Milan ! (Nombre de voix : Ce sont des lâches !)

Ces tendances criminelles, citoyens, contre lesquelles nous luttions depuis si longtemps avec ardeur, dans l'ordre politique par les pétitions de réforme électorale, dans l'ordre social par des demandes incessantes d'enquête sur le travail, dans notre honneur national et dans nos sympathies démocratiques, par les vives protestations que nous avons toujours fait entendre au pouvoir en faveur de nos frères malheureux de Pologne, d'Allemagne et d'Italie; ces tendances, disons-nous, sont toujours les mêmes, et ce sont autant de griefs à reprocher à un gouvernement indigne de sa mission.

Mais nous avons dans les mains, je le répète, l'arme qui peut nous sauver, le suffrage universel, que nous devons à l'immortelle révolution de Février. Pour cela, citoyens, il faut le concours de toute notre intelligence, de toute notre activité, de toute notre abnégation. Il ne suffit pas d'avoir pour soi le droit et l'arme du droit, il faut aussi comprendre et pratiquer vigoureusement.

Le suffrage universel appliqué comme il l'a été une première fois, voyez ce qu'il nous a donné? (Rien!) Nous n'en recueillerions pas d'autre fruit si tous nos efforts ne tendaient à éclairer le pays sur ses véritables intérêts, à se tenir en garde contre la perfidie de ses ennemis. Point d'indifférence politique autour de nous, point de relâchement dans nos devoirs !

Organisons-nous, citoyens, et nous pourrons porter dignement et avec assurance ce toste :

A la Révolution de 1848, au développement de son principe et à l'accomplissement de toutes ses conséquences !

(Bravo ! bravo ! Vive la République démocratique et sociale !)

En descendant de la tribune le citoyen Léoutre reçoit les félicitations de tous ceux qui l'entourent, et toute la salle entonne en chœur *la Marseillaise*.

Puis les cris : *Vive Caussidière! vive Louis Blanc!* retentissent sur tous les bancs.

La parole est ensuite donnée au citoyen **Quillen** :

Citoyens,

Nous trouvant aujourd'hui réunis dans un même esprit, dans une même communion, je suis heureux de porter un toste

A l'Amélioration du sort des travailleurs ! (Bravos!)

Malgré trois révolutions successives, citoyens, l'existence des travailleurs ne s'est point modifiée, c'est-à-dire qu'elle est aujourd'hui, ce qu'elle a toujours été, intolérable; et il n'est pas un homme, à moins qu'il n'ait le cœur ossifié par les passions du lucre et de l'égoïsme qui agitent plus que jamais notre société, qui ne se sente profondément ému à la vue de ces grandes misères dont sont accablés les malheureux ouvriers des villes et des campagnes.

Quel est en effet la part de l'ouvrier dans notre société? La voici : en proie aux angoisses les plus poignantes depuis son berceau jusqu'à la tombe, il n'a d'autre loi sur la terre que des besoins affreux et des maux de toute sorte : d'autre privilége que de souffrir, pleurer et mourir (Applaudissements.)

Il peut à peine acheter des habits pour se couvrir, puisque avant tout, avec son modique salaire, il est forcé de donner un morceau de pain à sa femme et à ses enfants.

Son salaire est-il assez élevé cependant pour ajouter à son pain d'autres aliments? Alors ce sont toujours des aliments peu substantiels achetés péniblement.

L'ouvrier veut-il réparer son estomac délabré autant par la fatigue que par de mauvais repas, à l'aide d'une boisson fortifiante? Il ne le peut pas encore, citoyens; car une loi est là qui se dresse devant lui et met le vin à un prix que la modicité de son salaire ne lui permet pas d'atteindre. (A bas les droits réunis!)

Il me serait facile, citoyens, de vous en dire davantage sur les misères profondes dont l'ouvrier est accablé; mais cela dépasserait le cadre d'un toste. Il me suffira d'ajouter que ces maux auront sûrement leur terme; qu'il arrivera un jour où l'ouvrier trouvera suffisamment, dans les profits qu'il tirera d'une sage association, la somme suffisante pour subvenir honorablement à ses besoins et à celui de sa famille; mais ce bien-être ne se fera véritablement sentir que lorsque les travailleurs des villes, et plus particulièrement ceux des campagnes, auront bien compris l'importance de la portion de souveraineté qui réside en eux et qu'ils pourront, en déposant leurs votes dans l'urne électorale, discerner la vérité du mensonge. C'est alors, et seulement alors, que se feront sentir les bienfaits salutaires du suffrage universel.

Le citoyen **Georges Leclerc** monte à la tribune. Il est salué par une salve d'applaudissements, qui viennent témoigner publiquement des sympathies qui s'attachent à la personne de cet honorable ouvrier. Il s'exprime en ces termes:

A L'ASSOCIATION UNIVERSELLE.

Citoyens,

Je dis à l'association universelle! car ceux qui me connaissent savent que c'est le rêve de tous mes instants, de tous mes jours, de toute ma vie.

Qui réalisera ce rêve?

La République démocratique et sociale.

Oui, c'est au socialisme à résoudre ce problème; lui seul peut mettre le programme de Février à exécution; gouvernement du peuple, par le peuple et pour le peuple. (Bravo!)

Éducation gratuite;

Droit au travail;

Subsistance par le travail ;
Retraite à la vieillesse ;
Impôt progressif ;
Bons hypothécaires ;
Abolition de la peine de mort : (Bravos universels !)
Voilà le programme du peuple.

Pour complément, la sainte alliance des peuples ; (bravo !) plus de barrière entre eux. Tous enfants du même Dieu, nous devons pratiquer cette sublime maxime de l'Évangile : Aimons-nous les uns les autres; secours aux peuples opprimés, paix universelle.

Citoyens, comment croire, après ce que nous ne cessons de proclamer, que nous, hommes du peuple, nous soyons des barbares prêts à nous jeter sur celui qui possède, comme la hyène sur un cadavre !

Paris en 1830, Lyon en 1831, Février en 1848 et Limoges tout récemment ont donné un éclatant démenti à nos calomniateurs ; et à l'heure qu'il est, si l'on venait nous annoncer que le palais d'un de nos heureux du jour est la proie des flammes, nous volerions tous au secours de ce frère émancipé. (C'est vrai ! bravo !)

Et pourquoi douter de l'association universelle ? L'histoire est là : nous voyons les hommes s'associer de famille à famille, de cité à cité, et par ce lien former une nation. Au moyen-âge, tous les peuples chrétiens étaient unis entre eux par l'association. Eh bien ! nous, plus heureux que nos pères, si nous voulons former une croisade, ce sera une croisade pacifique : nous irons porter l'accolade fraternelle à tous les peuples. (Bravo !)

Encore quatre lustres, et la prophétie lancée du haut du rocher de Sainte-Hélène sera accomplie.

(De toute part : Vive la République démocratique et sociale !)

Toste du citoyen **Lelièvre** :

Citoyens,

A toutes les phases de révolutions et surtout dans la nôtre, certains hommes ont eu le privilége, glorieux et triste à la fois, d'incarner en eux le sens et les tendances de leur époque. J'ai dit le privilége glorieux et triste, car, comme l'exprimait l'un des personnages de notre première révolution, ces hommes ne trouvent le repos qu'au delà de la tombe.

Permettez-moi, citoyens ; au moment où une immense préoccupation agite tous les esprits, celle du choix du futur président de la République, permettez-moi, au nom du comité du *Travailleur,* de profiter de cette réunion frater-

nelle, pour vous proposer de rechercher avec vous quel
est, à l'heure où nous vivons, l'homme qui résume le mieux
en lui le sens de la révolution de Février; l'homme le plus
digne, en un mot, des sympathies et du respect des vrais
républicains. (Ledru-Rollin !)

N'existe-t-il pas, en France, un homme dont toute la
vie passée n'a été qu'un long sacrifice de fortune, de repos,
qu'une lutte incessante pour amener le triomphe de l'idée
qui a vaincu en Février ? Et la haine et les calomnies des
ennemis de cette idée ne vous ont-elles pas désigné déjà le
grand citoyen dont je veux vous parler ?.... (De toutes parts :
Vive Ledru-Rollin !)

Quel autre que lui a su donner à la lutte engagée par les
banquets de 1847, un caractère, une issue toute différente
de celle que s'en promettait notre pâle opposition monarchique ?

Et quel est le député dont l'énergie a su, dans la dernière séance de la chambre des satisfaits, le 24 février, déjouer les tentatives de M. Dupin et de ses collègues dynas-
tiques, qui voulaient, comme en 1830, escamoter la victoire
du peuple de Paris, en nous imposant une régence?

« Au nom du droit que, dans les révolutions, il faut
» savoir respecter, disait ce député, car on n'est fort que
» par le droit, je proteste, au nom du peuple, contre votre
» nouvelle usurpation.

» Vous avez parlé d'ordre, d'effusion de sang. Ah ! l'ef-
» fusion de sang nous touche, car nous l'avons vue d'aussi
» près que personne. Eh bien ! nous attestons encore ceci :
» L'effusion de sang ne peut cesser que lorsque le principe
» et le droit seront satisfaits. Ceux-là qui viennent de
» se battre, se battront encore ce soir, si leurs droits sont
» repoussés.

» Je me résume, et je demande un gouvernement pro-
» visoire; non pas nommé par la chambre, mais par le
» peuple.

» Il nous faut un gouvernement provisoire et un appel
» immédiat à une convention qui régularise les droits du
» peuple dont le règne ne doit plus être une fiction. »
(Bravos !)

Ne cherchez pas, citoyens, ailleurs que dans ces paroles
qui ont été le coup de grâce de la monarchie agonisante,
les causes de la haine dont certain parti poursuit Ledru-
Rollin, l'un des fondateurs de la République démocratique

et sociale, et les républicains dévoués qui suivent son initiative. Voilà ce qu'on ne pardonnera jamais.

Et depuis l'établissement de la République, que n'a-t-on écouté sa voix prophétique et les sages conseils qu'il adressait au nouveau gouvernement! Nos cœurs ne seraient pas contristés à la vue de ce voile funèbre que les malheurs de Juin ont étendu sur notre chère patrie!

Tandis que d'autres se bornent à de stériles négociations contre toute proposition tendante à remédier aux souffrances publiques, par des voies différentes de celles tracées par les routines d'un régime économique qui a perdu sa raison d'être, lui, dans tous ses discours, a posé hardiment la solution des questions qui intéressent le sort des classes les plus nombreuses et les plus pauvres ; questions dont il est puéril aujourd'hui de détourner les yeux, mais qu'il faut, au contraire, aborder résolument et en face.

Ecoutons-le dans le banquet du Chalet, ce premier banquet donné le 22 septembre, en mémoire de l'anniversaire de l'ère républicaine. Là nous connaîtrons sa pensée intime sur les remèdes aux maux que nous subissons et à ceux qui nous menacent dans l'avenir.

» Quel est donc, disait Ledru-Rollin, le législateur
» assez insensé pour poser un principe politique auquel il
» ne donne point une assise profonde dans les institutions
» sociales ?

» Est-ce donc du socialisme quand nous disons : Pas de
» République, sans droit au travail ; car il n'y a pas de
» peuple souverain, là où il n'y a pour la société qu'un de-
» voir d'assistance. » (Bravos ! Une voix près de la porte :
Vive Bonaparte ! Une protestation unanime répond à ce cri
malencontreux.)

Ne l'avez-vous pas encore entendu réclamer, au nom du peuple, l'abolition de l'impôt sur le sel, sur les vins, la viande, cet aliment indispensable à la santé du travailleur, et demander que les charges publiques soient reportées sur le riche au moyen de l'impôt progressif ? (Vive l'impôt progressif !)

Ne l'avez-vous pas entendu déplorer le sort du laboureur dont la vie se meut entre les dures exigences de la terre et les exigences plus dures encore du capital, et regretter que la République ne se soit révélée à lui que par une aggravation d'impôt ?

Oui, citoyens, ce fut une infâme tactique chez nos ennemis, que de répandre parmi le peuple, cette croyance, que

Ledru-Rollin est l'auteur des malheureux décrets sur les quarante-cinq centimes, les boissons et les caisses d'épargne. À d'autres appartient la responsabilité de ces actes aussi injustes qu'impolitiques. (Oui, oui, à Garnier-Pagès, à la boutique du *National*, répétez! — L'orateur répète le passage, et l'assemblée applaudit.)

Mais qu'on se rappelle donc ses efforts pour obtenir des institutions appropriées au régime démocratique : banques commerciales, banques hypothécaires, associations de travailleurs, de secours mutuels, ses appels à de grandes mesures pour nous sortir du gouffre fatal qui s'entrouvre devant nous ?

Qu'ajouter à cette énumération rapide ? Ne fait-elle pas connaître le citoyen tout entier et ce qu'il porte de dévoûment dans le cœur pour les classes déshéritées, avec les vues pratiques de l'homme d'Etat ?

Hâtons-nous donc, en vrai républicains, d'acquitter ici la la dette de la reconnaissance.

Citoyens, je vous propose la santé de Ledru-Rollin.

Au citoyen Ledru-Rollin! (Bravos! Vive Ledru-Rollin!)

En ce moment la députation de Toul, attardée par les neiges, pénètre dans la salle, étendard déployé.

Le citoyen **Ribeyrolles** a pris ensuite la parole :

A l'extrême gauche! à ses votes! à son programme!

Citoyens,

On vient de porter un toste en l'honneur d'un homme, et la valeur de cet homme, je la sais trop grande, pour que je ne m'associe pas d'esprit et de cœur à ce fraternel hommage.

Mais les noms, quels qu'ils soient, citoyens, doivent s'effacer devant les idées, devant les partis, devant les légions du sacrifice, du dévouement; et je suis certain de traduire ici la pensée du chef démocrate que vous venez d'honorer d'un civique souvenir, en vous proposant de porter un toste à l'extrême gauche.

A l'extrême gauche! citoyens. A cette phalange intrépide qui, dans nos mauvais jours, au milieu des intérêts accroupis et des cœurs affaissés, garde les principes de grande Révolution et les défend de son vote et de sa parole jusque sous la dictature.

Ses ennemis ont cru la flétrir en l'appelant la nouvelle *Montagne*: ils ont voulu la dégrader, l'avilir en lui jetant, comme un outrage, ce nom qui est le plus grand nom de l'histoire.....

Ah! que nos amis ne le repoussent point; car cette *injure* historique sera leur gloire éternelle, s'ils savent la mériter par les actes, par l'énergie (bravo!), par la vigilance qui convient aux héritiers de notre vieille Montagne, tombée pauvre et dans le le sang, au milieu de la patrie faite plus grande et souveraine! (Profonde sensation. — Bravo!)

Jusqu'ici, citoyens, l'extrême gauche n'a pu continuer l'œuvre de nos pères dans ses deux parties: le développement de l'égalité par les institutions, l'affranchissement des peuples par les armes et par la propagande: elle n'avait ni l'administration, ni le gouvernement; et voilà pourquoi nous en sommes toujours chez nous à la maigre providence de l'aumône; voilà pourquoi la Pologne attend encore! voilà pourquoi Milan et Vienne râlent dans le sang! (Sensation.)

Mais les divers actes qu'ils ont laissés derrière eux, leurs discours et leurs votes, soit dans la politique, soit dans la Constitution, marquent déjà une première étape d'honneur; et si vous voulez suivre avec moi, dans un résumé rapide, cette conduite antérieure, vous comprendrez qu'il y a de nobles engagements et de belles promesses pour l'avenir.

Après ces journées de juin si fatales et sur lesquelles la démocratie pleurera longtemps, on compléta la grande mesure de guerre, l'état de siége (il a déjà fait le tour de l'Europe: voyez Francfort, Milan, Vienne, Lemberg), on compléta, dis-je, l'état de siége par l'édit de transportation et par les conseils de guerre: la ville était alors pleine d'épouvante et dans le grand deuil; les cœurs les plus hardis hésitaient à la défense du droit, et le salut public sonnait le glas de toutes les libertés! (Vive émotion). Eh bien! en ces heures terribles, qui défendit les droits, les libertés, les vaincus? Qui protesta contre l'état de siége? Qui vota contre les conseils de guerre et la transportation?... L'extrême gauche, la jeune Montagne! (Bravo!)

Citoyens, recueillez vos souvenirs: quand la presse, qui travaillait entre la confiscation et les corps de garde; quand la presse, qui paie toujours l'impôt du sang et la dette des funérailles, fut à son tour traquée, violée dans ses prérogatives, soit par la dictature, soit par une législation nouvelle et plus dure que certains décrets de la royauté, qui se leva pour la couvrir et la défendre?.. L'extrême gauche, la nouvelle Montagne! (Bravo!)

Quels sont les noms inscrits au registre des votes contre la loi sur les attroupements, sur les clubs, sur les crieurs publics; contre toutes les violations, en un mot, du droit de propagande et de la liberté de penser? Encore les noms de l'extrême gauche! (Bravo.)

Ainsi, les démocrates du parlement, inflexibles dans le devoir, ne voulurent point de complicité dans cette œuvre de peur qui frappait tous les principes et qui démantelait la souveraineté du peuple. Ils n'avaient pas oublié que ce peuple, descendu sanglant et nu des barricades de Février, avait ouvert toutes les écluses aux forces vives de la civilisation, et dans sa magnifique charité fait, même à ses ennemis, largesse de tous les droits et remise de tous les crimes. (Bravos prolongés.) Ils ne voulaient donc pas, ils ne pouvaient vouloir qu'une autre barricade, coupable sans doute, mais vaincue, fût le tombeau de toutes les libertés, le calvaire du peuple, de la pensée, de la Révolution !

Honneur aux hommes de l'extrême gauche, honneur aux démocrates de la *Montagne!* (Vive la Montagne !)

Voulez-vous, citoyens, une preuve nouvelle de la probité démocratique et de la religion profonde de nos amis pour l'éternelle équité ?

On avait promis d'inscrire dans la Constitution le droit au travail : c'était là non seulement une conquête de Février, mais une condition forcée de justice, le premier dogme, le rudiment de l'égalité. Qu'est-ce en effet, et cela sans phrase, que la consécration du droit au travail? c'est reconnaître le *droit de vivre* au plus grand nombre, qui ne vit et ne peut vivre qu'*en travaillant*.

Eh bien! le verset fraternel fut effacé, comme une hérésie, du grand livre, et l'on proclama l'assistance, c'est-à-dire cette éternelle aumône qui déshonore et ne peut suffire. Seuls, encore, les démocrates de l'extrême gauche protestèrent, au nom de la faim, comme ils l'avaient fait pour l'idée !

Parmi les promesses de notre Révolution, il en est une autre, citoyens, qui est la plus grande et la plus haute : c'est l'enseignement gratuit, universel !

L'égalité l'ordonne comme un droit; la civilisation le réclame comme une garantie; la science en a besoin pour renouveler ses cadres, pour fortifier ses spécialités, pour agrandir et multiplier ses points de vue. Ne croyez-vous pas avec moi, citoyens, que l'esprit vif et puissant du peuple féconderait, fortifierait nos arts, nos sciences, nos lettres, comme son sang jeune et vigoureux a fécondé nos armées? Eh bien! ces trésors peuvent-ils s'épandre, ces belles gerbes peuvent-elles germer et monter, si l'on ne jette à pleines mains la semence, si la terre de labour reste sous l'herbe sauvage et sous les ronces? (Bravo!)

Comment voulez-vous que de pauvres petits enfants que le travail emporte et cloue dans l'atelier ou sur le sillon, quand ils savent à peine épeler le nom de la mère; comment voulez-vous que ces petits forçats de la faim puissent grandir et s'épanouir dans le monde moral, dans le monde des idées? (Sensation.)

On en fait des citoyens à vingt ans! On leur dit à chacun : Voilà les cent carrières de la vie publique, choisis; tu peux porter partout tes pas et ton ambition.

Hélas! mes beaux messieurs, votre petit César est estropié, rachitique, épuisé dans sa fleur ; le travail des fabriques et les miasmes ont sucé son sang et jusqu'à ses os ; consultez vos statistiques : vous n'en ferez pas même un soldat pour la patrie ! (Vifs applaudissements.)

Voilà pourtant que nos hommes d'état, nos philosophes-législateurs, de par le suffrage universel, ne veulent pas plus de l'enseignement gratuit que du droit au travail; et les seuls qui le défendent, à notre grande assemblée, ce sont les *Montagnards* ! (Bravo!)

Ce sont encore ces mêmes hommes, ces *hommes de sang*, citoyens, qui ont voté l'abolition de la peine de mort, et ils étaient conséquents, ma foi : car abolissez la misère par la science économique, par des institutions de travail, et détruisez l'ignorance par l'enseignement, vous abolirez presque le crime ! Il ne restera plus que ces monomanies furieuses et ces drames sauvages, raffinés, comme nous en avons vu dans ces dernières années, drames engendrés par la richesse et ses hautes passions oisives !

Avec le *maître d'école* et le *boulanger*, que voulez-vous faire du bourreau? (Applaudissements prolongés.) Les Montagnards étaient donc logiques, en supprimant ce fonctionnaire, eux qui veulent la garantie du travail et la gratuité de l'enseignement!

Citoyens, vous devez déjà reconnaître vos amis de l'assemblée : les quelques votes que je viens d'énumérer sont des actes assez graves pour éclairer, pour édifier vos consciences. Un dernier mot seulement, avant que je descende de cette tribune où m'ont si bien soutenu vos sympathies fraternelles.

Un fait grave va se produire : l'avenir de la République en dépend peut-être. On veut que *nous fassions un président!* C'était hier que la royauté partait et l'on nous convoque pour un sacre nouveau ! Citoyens, un président est toujours un peu le cousin du roi; défiez-vous : c'est de la graine qui monte vite ! (Rire général.) Et pourquoi, d'ailleurs, un président? N'avons-nous pas une assemblée nationale et des ministres serviteurs délégués! —Parce qu'on ne veut pas l'unité du pouvoir; parce qu'on ne veut pas de *Convention !*

On ne veut pas de l'unité du pouvoir? Mais qu'a donc fait Richelieu sous Louis XIII? Qu'a fait Louis XIV, ce narcisse couronné qui ne fut grand, au milieu de toutes nos gloires, que parce qu'il fut l'unité vivante? Qu'a donc fait la Convention, sinon de l'unité d'action et de pouvoir, dans les terribles et longues batailles qui sauvèrent la Révolution et la patrie? (Bravo!)

Citoyens, les démocrates de l'extrême gauche avaient voté pour l'unité du pouvoir, c'est-à-dire contre les deux chambres et contre la présidence ; mais la présidence a passé : le fait a vaincu le droit, et la politique les principes.

Ainsi dominés, les démocrates représentants n'ont pas cru de-

voir s'abstenir: ils portent et recommandent un nom qui a donné
des gages. Citoyens vous ferez, à votre tour, selon vos consciences.

Souvenez-vous seulement des actes d'honneur que je vous
ai rappelés en courant, et vous porterez avec moi, ce toste:

A l'extrême gauche, à nos représentants démocrates!
Et comme vous n'avez pas peur des mots:
A la nouvelle Montagne!

Des salves d'applaudissements éclatent dans toute la
salle, — l'enthousiasme est au comble.

Il nous est impossible de rendre l'effet immense de
cette improvisation. Des larmes trahirent sur bien des
figures l'émotion dont elle remplit plus d'une fois les
cœurs.

L'intelligence de tous s'ouvrait aux grandes pensées
de l'orateur; son élocution brillante et colorée excitait
l'admiration; une espèce de courant électrique semblait
communiquer à toutes les âmes les sentiments qui sor-
taient avec effusion du noble cœur du célèbre rédacteur
de la *Réforme*.

Les autres tostes ont été portés dans l'ordre suivant:

Par le docteur **Louis Naquar**, de Toul:

A L'INSTRUCTION, A L'ÉDUCATION POLITIQUE DU PEUPLE!

Citoyens,

Les sentiments qui agitaient le pays au lendemain de la
révolution sont bien changés aujourd'hui.

Aux terreurs exagérées des uns, ont succédé des espé-
rances coupables; à l'allégresse, à l'espoir infini de tous
ceux qui avaient souffert, a succédé la défiance.

Au milieu du malaise général la révolution de Février ne
semble au trop grand nombre qu'une décevante illusion ou
un événement funeste dont on pourra amoindrir les conséquences, sinon les effacer tout-à-fait.

Jetons un regard rapide sur le passé, et nous compren-
drons mieux le caractère de cette révolution.

Nous voyons une société composée de nobles, de prêtres
et de travailleurs. Pendant des siècles la royauté monte
toujours, elle arrive à son apogée sous Louis XIV; alors le
roi dit: « L'Etat, c'est moi. »

Quelques années plus tard, en face de la royauté dégradée, de la noblesse avilie, et du clergé qui, protecteur des faibles, oubliant sa divine mission, était passé du côté de leurs oppresseurs, nous retrouvons le peuple sans droits, réduit au travail le plus ingrat, puis une nouvelle classe (le tiers-état) qui, peu à peu, s'était élevé par le commerce et la culture des lettres et des sciences.

Bientôt le tiers-état réclame du pouvoir sa part légitime ; un orage se prépare, il éclate : peuple et bourgeoisie renversent royauté, noblesse et clergé.

Dans cette tourmente on proclame le dogme de la liberté, de l'égalité, de la fraternité ; mais son application ne fut point possible. Le peuple fut l'instrument de destruction dans cette longue tempête, mais son ignorance ne lui permit pas d'en tirer tous les fruits qu'il en attendait. Le tiers-état, lui, eut pleine satisfaction. Cependant les principes de la révolution, bien qu'ensevelis sous les ruines, devaient germer, fructifier et se répandre même chez les peuples qui étaient venus pour les anéantir en France. (Bravos !) L'empire, la restauration ne peuvent en arrêter les développements, et sous Charles X, si l'on dut craindre un retour vers le passé, trois jours suffirent au peuple et à la bourgeoisie pour renverser les imprudents qui l'avaient cru possible.

A cette nouvelle victoire, qui consolidait les droits de la bourgeoisie, que gagna le peuple ? Rien ! (C'est vrai !)

Pendant 18 ans, un pouvoir indigne, au lieu de cultiver ses instincts généreux, d'éclairer son intelligence, de l'émanciper graduellement, de prendre l'initiative des réformes, ne sut que lui prêcher l'égoïsme, ameuter les intérêts et comprimer toute noble aspiration vers un avenir meilleur.

Ce pouvoir est brisé et nous avons la République. (Bravo !)

Vous le voyez, citoyens, des mains de quelques-uns, le pouvoir était passé dans celle d'un plus grand nombre : Février l'a mis aux mains de tous ; loin d'être un événement sans liens qui le rattachent au passé, il en est la conséquence. Février, c'est l'affranchissement des travailleurs, c'est l'avènement de la démocratie.

Quand un vaisseau est lancé à la mer, aux acclamations de tout un peuple, il prend avec impétuosité possession de son empire, puis il recule vers la rive, et semble pour un instant regretter la terre : il vient recevoir l'équipage qui doit le diriger. C'en est fait, le chêne dont il est construit ne végétera plus dans les forêts qui l'on vu naître : il ira jusqu'au bout du monde.

La démocratie a pris possession des sociétés nouvelles, aucun pouvoir ne la rejettera dans les profondeurs du passé, elle fera le tour du monde.

Quels obstacles pourraient retarder sa course ? Citoyens, l'obstacle qu'il faut attaquer de suite et sans relâche, c'est l'ignorance. Sans doute le gouvernement a déjà commis bien des fautes, mais celle qui nous paraît la plus déplorable, c'est de ne point s'occuper de l'éducation politique des travailleurs, surtout de ceux des campagnes. Le suffrage universel sans instruction, c'est un mensonge, c'est une autre forme de tyrannie.

Encore une fois le peuple a dans les mains l'instrument de son salut, mais il est grand temps qu'on lui apprenne à s'en servir. C'est là notre tâche la plus pressante.

Nous ne voulons point user de moyens violents et hasardeux, nous en avons de pacifiques, mais irrésistibles. Allons au peuple, ne craignons pas les réunions où il se trouve, provoquons-les, multiplions-les, mêlons-nous à lui, parlons-lui, écrivons pour lui ; dès qu'il aura les yeux ouverts, la démocratie, d'un pas ferme, atteindra les destinées que lui réserve l'avenir.

Citoyens, *à l'instruction, à l'éducation politique du peuple !* (Applaudissements.)

Par le citoyen **Villermin** :

A LA FRATERNITÉ !

O liberté ! flambeau de notre France,
Sois à jamais son ancre de salut !
Assez longtemps un pouvoir en démence
T'a torturée et t'a mise au rebut.
Inaugurons l'ère démocratique
En proclamant ton immortalité.
Amis, buvons à notre République,
A l'union, à la fraternité !

Trente ans passés, peuple, tu fus sans gloire
Et de tes rois tu subis maint affront ;
Tu fus trop grand le jour de la victoire ;
Leurs vils suppôts n'ont point courbé le front.
Que désormais des urnes souveraines
Ils soient exclus pour leur indignité !
Les insensés !..... ils nous forgeaient des chaînes
A nous, soldats de la fraternité.

Il n'est besoin , pour gouverner le monde ,
De ces tyrans qui l'écrasent d'impôts.
Dieu les punit ; voyez leur chute immonde :
Contre eux surgit un essaim de héros.
L'homme avait cru ces fléaux nécessaires
A son bonheur, à sa prospérité.
Du despotisme il brise enfin les serres ;
Avec les rois point de fraternité. (Bravo.)

Tout est en feu dans la vieille Allemagne ;
Ses pauvres rois sont aussi muselés ;
Bientôt le tour de Naples , de l'Espagne ;
Plus de Bourbons , ils seront immolés.
Républicains ! ne souffrons plus d'entraves ;
Au monde entier , prêchons l'égalité ,
Affranchissons tous les peuples esclaves :
Qu'ils soient unis par la fraternité ! (Bravo.)

Qu'avez-vous fait , héros du monopole ,
Plats serviteurs d'un pouvoir inhumain ,
Quand, prosternés aux pieds de votre idole,
Aux travailleurs vous marchandiez du pain ?
On vous a vus, sourds devant leur misère,
Vous gorger d'or dans votre nullité :
Aux trois grands jours , de leur juste colère
Qui vous sauva ?.... c'est la fraternité. (Bravo.)

Quand donc enfin le drapeau tricolore
A l'étranger montrera ses couleurs ?
La liberté veut des combats encore ;
O République ! aurais-tu tes trembleurs ?
Milan , Venise et l'Italie entière
Voient pâlir l'astre de liberté ;
Et ton drapeau croupit sur la frontière !...
(Triple salve d'applaudissements; de toute part on crie *bis, bis*
et les bravos redoublent.)
Ah ! ce n'est point de la fraternité.

Jadis on vit la grande République
Purger le sol du souffle impur des rois,
Vivifier l'esprit démocratique
Au sein du peuple, et proclamer ses droits.
Que voyons-nous dans le siècle où nous sommes ?
Abaissement , misère, indignité; (C'est vrai. — Bravo.
Des apostats s'ériger en grands hommes , (Bravo.)
En défenseurs de la fraternité.

Représentants des soldats de la veille ,
Serrons nos rangs, soyons prêts au combat.

Le vieux système assoupi se réveille ,
Le royalisme a son *Triumvirat.*
Il veut briser de son bras homicide
Nos libertés, nos droits, notre unité.
Pour terrasser le monstre , le perfide ,
Restons unis par la fraternité. (Bravo.)

Le président de notre République ,
Frères , bientôt sortira du scrutin ;
N'abdiquons point notre droit politique :
Dans l'urne allons jeter un bulletin.
Républicains que ce banquet rassemble ,
Ne laissons plus périr la liberté.
Veillons sur elle , et portons tous ensemble
Encore un toste à la fraternité? (Applaudissements prolongés.)

Par le citoyen **Vincent** , gérant du journal *Le Travailleur* :

A L'ORGANISATION DES RAPPORTS

ENTRE LES PATRONS ET LES OUVRIERS!

Travailleurs des départements de l'Est ,

Puisque la Constitution vient de nous dénier le *Droit au travail*, droit conquis en Février , droit qui , tôt ou tard , sera
reconnu, que cette réunion solennelle nous serve de point
de départ pour étudier désormais ensemble l'application possible de l'organisation du travail.

Tout d'abord , en ce jour, proclamons un principe : celui des
tarifs.

En effet , à Paris et dans plusieurs grandes villes de France ,
l'élite des travailleurs de divers corps d'état, dans la charpen-
terie, par exemple, dans la menuiserie, l'imprimerie en caractères, la chapellerie, n'a-t-elle pas consacré le principe de l'organisation du travail en établissant des tarifs pour les prix de la
main-d'œuvre et de la journée ?

Oui, sachez-le bien, ouvriers et patrons :

Sans tarifs, — point de garanties possibles pour les intérêts
réciproques ;

Sans tarifs, — point de base, point de règle qui préside à la
fixation des salaires ;

Sans tarifs, — l'affreuse concurrence illimitée, l'antagonisme,
le laissez-aller , qui produisent la pacotille, la camelotte, l'en-

combrement, d'où la vileté des prix du travail aux pièces ou à la journée, la ruine du patron, la misère de l'ouvrier !...

Avec les tarifs au contraire : — Pour l'ouvrier, la douce certitude de l'équitable rétribution de son travail ; — pour le patron, l'appréciation pratique et l'estimation intelligente de la valeur commerciale des commandes pour sauvegarder ses intérêts ;

Avec les tarifs encore, — la solidarité, l'accord et, insensiblement, l'association entre l'ouvrier et le patron ;

Avec les tarifs enfin, — l'harmonie entre les producteurs du travail, l'émulation dans les industries, le goût dans le perfectionnement des arts, l'essor du commerce, en un mot l'organisation morale du travail industriel.

Tel est mon vœu : *A l'établissement des Tarifs !*

Par le citoyen **Maupas**, au nom de la députation de la Meuse :

A l'Union des Démocrates des départements de l'Est :

Citoyens,

Je viens au milieu de vous, inconnu de vous, mais j'y viens avec confiance, parce qu'avec vous je suis au milieu de démocrates, au milieu de frères.

Permettez-moi donc de porter un toste :

A l'union des démocrates de l'Est ! (Bravos.)

Unissons-nous, parce que l'union fait la force. (Bravos.) — La démocratie, c'est la force active de la France. — La démocratie, c'est la base et le maintien de nos institutions républicaines. — Unissons-nous, comptons-nous, serrons nos rangs, et nous verrons bientôt nos ennemis renversés du piedestal factice que la réaction leur a élevé depuis quelque temps. (Bravos.)

Quels sont les ennemis de la République ? — Les esprits rétrogrades et les peureux, qui travaillent ensemble à une œuvre de destruction, et creuseraient, si on les laissait faire, un abîme dans lequel s'engloutiraient nos institutions.

Dans toute révolution politique, il y a des principes de vie et de destruction, des pensées destructives et des systèmes réorganisateurs.

Désorganiser, c'est détruire ; ce ne peut être un but, ce n'est donc qu'un moyen. — Le but, tout le monde le connaît : tout pour l'aristocratie, dit la réaction. — Or demandons-nous ce que deviendraient la classe moyenne et les prolétaires, qui sont la partie la plus considérable, la plus productive et la plus utile de

2

la nation? — Arrière donc, réactionnaires, car votre rôle sera fini le jour que nous serons unis.

Cette royauté que vous traînez à la remorque, personne n'en veut en France. — Relever la monarchie, ce serait sacrifier le fruit de soixante années de luttes. — Honte à vous, qui spéculez sur le retour des priviléges! — Honte à vous, qui voulez sacrifier le bien-être universel à votre égoïsme!

L'union fait la force!

Soyons donc unis, et aidons tous au développement des institutions républicaines.

Avec des institutions taillées à la hauteur d'un peuple mûr pour la liberté, nous fonderons un monument impérissable.

L'union fait la force!

Soyons donc unis, nous tous qui voulons la liberté avant tout.

L'union fait la force!

Soyons tous unis, nous tous qui voulons le triomphe de la pensée dans le monde.

L'ère nouvelle qui commence pour les peuples doit être une ère d'union, d'ordre et de paix. — Nos principes, nos idées ne s'écrouleront pas par la force, ses armées ne les repousseront pas. — Vienne le beau jour de l'union démocratique, et alors

La Russie reculera pour faire place à la Pologne;

L'Allemagne se constituera en corps de nation;

L'Angleterre émancipera l'Irlande;

La Grèce renaîtra; — les tronçons de l'Italie se réuniront.

Le nouvel équilibre européen reposera sur un ordre de choses conforme au besoin, au génie des peuples.

L'Europe deviendra une grande famille, et ne sera plus un mensonge diplomatique.

L'union fait la force!

Soyons donc unis puisque l'union sauvera l'ordre, la liberté et les nationalités.

A l'œuvre donc, habitants des départements de l'Est; associons-nous, organisons-nous; marchons de front dans la voie du progrès; combinons nos forces, concentrons nos efforts pour faire triompher la liberté!

A l'œuvre, et bientôt le succès couronnera nos efforts!

A l'œuvre, démocrates de l'Est! (Applaudissements.)

Par le citoyen **Dabadie**, rédacteur en chef du *Journal de la Meuse:*

Aux Martyrs de la Liberté!

Citoyens,

A tous les républicains qu'ont dévorés depuis soixante ans, la prison, la bataille et l'échafaud! A ces hardis lutteurs qu'aucun

danger n'effrayait , et qui allaient à la mort comme au triomphe ,
quand la fortune les avait trahis ! A nos frères de toutes les nations , qui paieraient du sang le plus pur leur dévoûment à la
cause ! Aux révolutionnaires d'Italie, d'Allemagne et de Vienne,
dont l'héroïsme étonnera le monde entier !

Mais il ne suffit pas de jeter des fleurs sur les tombes ; il ne
suffit pas d'adresser aux morts des hommages sortis du cœur, il
faut imiter les généreux exemples que leur vie nous donna , et
marcher à la vérité sans compter les sacrifices. (Bravos.)

Qui vous dit que le dernier combat de la liberté soit livré ?
Voyez : La réaction monarchique ne cache plus ses tristes espé-
rances ; de tous côtés elle s'organise, elle conspire en plein soleil,
elle aiguise le fer que demain , peut-être , elle dirigera contre le
sein de la République. Malheur à la République, si ses défenseurs
sommeillaient !... (Oui.)

Veillons , citoyens , veillons si nous voulons déjouer les com-
plots de l'ennemi qui nous guette. Nos pères sacrifiaient d'un œil
serein leur existence et jusqu'à leur mémoire, pour sauver la
démocratie qui est la cause de la civilisation , la cause de l'humanité. Montrons-nous dignes d'eux et déployons une salutaire
énergie, si la folie des hommes du passé sonnait l'heure du
danger.

Saint-Just disait: « L'homme qui travaille pour la liberté, ne doit
dormir que dans la tombe ! » (Bravos.) N'oublions pas ce beau
mot d'un de nos plus vaillants prédécesseurs, et sachons le mettre
en pratique. C'est ainsi que nous honorerons sérieusement les vic-
times du despotisme ; c'est ainsi que nous ferons tressaillir de
joie , sous l'herbe qui couvre leurs ossements sacrés , les martyrs
de la liberté.

AUX MARTYRS DE LA LIBERTÉ ! (Applaudissements.)

Par le citoyen **Labonté** :

A LA BONNE FOI POLITIQUE!

*A tous ceux qui , depuis le 24 février, sont restés dévoués
et fidèles au drapeau de la Démocratie sociale !*

Honte à ces Pasquins de tous les régimes ! Qu'ils sont mal
à l'aise sous le manteau républicain , dont ils ne se sont
affublés que pour ourdir sans danger leurs trames réactionnaires !

Voulez-vous les reconnaître ? Demandez-leur ce qu'ils
veulent ; ils vous répondront d'un ton doucereux : Une République honnête !... Oui, une république à la base et une
monarchie au sommet.

Arrière, Tartufes politiques, rétrogrades aveugles, votre règne est fini, le nôtre commence; vous avez laissé crouler la monarchie, laissez-nous fonder la République.

Pour accomplir cette œuvre immense, nous faisons appel à ces cœurs ardents, à ces âmes d'élite, à ces courageux citoyens qui, au milieu de la tourmente réactionnaire, ont tenu d'une main ferme le drapeau de la Démocratie et l'ont préservé de toute souillure.

Il en est un parmi tous qui avait droit à notre respect, à notre reconnaissance, et contre lequel la calomnie a déchaîné toutes ses fureurs.

Il rêvait la dictature, et il accordait le suffrage universel; *il était spoliateur,* et il reculait devant l'impôt progressif; enfin *il était guillotineur,* et il abolissait la peine de mort!

Mais peu importe, il fallait à tout prix écarter cet homme, qui aspirait et respirait la Démocratie par tout son organisme, dans lequel le peuple avait mis tous ses instincts, toutes ses passions, tous ses désirs, et dont la maxime gouvernementale était qu'il fallait s'inspirer de la République pour n'être pas dévoré par elle.

Et dire que le lendemain de la bataille, ces détracteurs si audacieux étaient tous à genoux, que tous courbaient la tête, alors que lui, Ledru-Rollin, inscrivait au fronton de la République ces mots sublimes qui devaient faire le tour du monde : *Liberté, égalité, fraternité!*

Quelques interruptions se sont fait entendre pendant ce toste; la fin a été vivement applaudie.

———

Par le citoyen **Morot** :

A l'Amour de l'Humanité!

Oui, citoyens, à l'amour de l'humanité! car sans cet amour et puissant et sublime, dans l'état de misère morale où nous vivons, l'homme cédant à ses penchants égoïstes, considérant la vie comme un champ de bataille où chaque jour les combattants deviennent de plus en plus habiles à s'outrager entre eux, remue les éléments de discorde qui fermentent et bouillonnent autour de lui, au lieu de s'occuper des nombreuses améliorations à introduire dans notre vicieuse organisation sociale, en propageant les liens de la fraternité entre les membres qui composent la grande famille.

A l'amour de l'humanité! car seul cet amour peut développer dans nos cœurs les sentiments généreux, dont la pratique élève l'homme jusqu'à Dieu; en apprenant aux hommes riches à l'être plus utilement pour tous ; aux pauvres à supporter dignement les dangereuses épreuves auxquelles ils sont soumis dans ces temps de calamités publiques, par le mauvais vouloir de ceux qui regardent, comme une nécessité de l'ordre social, l'état de misère et de privation dans lequel l'ignorance et l'exploitation de l'homme par l'homme les ont plongés.

A l'amour de l'humanité encore une fois ! Et puisse cet amour remplacer dans nos cœurs le germe des mauvaises passions, afin qu'à l'avenir, en passant sur la terre, nous bornions notre envie à vouloir le bonheur de tous par le bonheur de chacun. (Bien !)

A l'Amour de l'Humanité !

Par le citoyen **Lécrivain**, de Toul :

A la République démocratique et sociale, une et indivisible !

Citoyens,

Je suis heureux, dans ce jour, de joindre mes vœux aux vôtres. Pour nous, la République démocratique et sociale doit être un état libre, soumis uniquement aux lois ; c'est le gouvernement de la société par la société et pour la société entière ; c'est l'art d'administrer les peuples selon les exigences de la raison et de faire sur une large échelle l'application constante des principes invariables de la démocratie à l'action gouvernementale ; elle force le caprice et l'intérêt particulier à respecter la volonté de tous et l'intérêt général. (Bravo !) Dans le gouvernement démocratique et social, le plus juste de tous, aucun membre n'est exclu des pouvoirs ; plus d'aristocratie ; (bravo !) le mérite seul et les vertus sociales sont appelés à se dévouer au bien-être de la société. Ainsi le socialisme, c'est l'union des cœurs, l'alliance des peuples marquée du sceau de la fraternité ; (bravo !) c'est le respect de tous les droits, de la propriété, de l'ordre public ; (bravo !) c'est la destruction des abus et des iniquités ; c'est une égale protection pour tous et la juste répartition des charges ; c'est la disparition du paupérisme, c'est le droit au travail plutôt qu'à l'aumône ; c'est la gratuité de l'instruction et de la justice ; le triomphe de la lumière ; la marche progressive de la société dans les voies d'une religion sans fanatisme et d'une civilisation sans crime et sans bagnes. (Applaudissements.)

Le socialisme est donc la tendance constante des efforts

des consciences honnêtes vers le bonheur de l'humanité ;
c'est l'amour de la famille, la pratique de la morale sociale,
la propagation des dogmes sacrés du christianisme; (bravo!)
c'est le long martyre de la liberté, la mort de Socrate, le
crucifiement de Jésus, le dévouement de Guillaume-Tell,
l'héroïsme de tant d'autres vertueux patriotes; ce sont enfin
les souffrances imméritées d'une foule de bienfaiteurs de
l'humanité, les tortures cruelles de tant d'amis du vrai et
du juste; les fins tragiques de tant de républicains loyaux
et sincères, et les tourments et les privations de tant d'autres, exilés pour leur religion politique, et gémissant loin
de leur chère patrie : triste holocauste offert aux ennemis
de la pensée, aux exécrables dieux de la tyrannie. Honneur
donc à tant de martyrs de la foi républicaine! honneur à
tous ceux qui souffrent encore courageusement pour le socialisme ! (Bravo!)

A la République démocratique et sociale ! (Bravos prolongés.)

Le citoyen **Thomassin** monte à la tribune :

La Commission organisatrice du Banquet démocratique
de la Meurthe,

Au nom des rédacteurs et des actionnaires du *Travailleur*,

Au nom des démocrates de la Meurthe réunis fraternel-
lement en ce jour,

Remercie d'avoir assisté à cette fête de famille les citoyens
Ribeyrolles, Léoutre, Mathieu (d'Épinal), et tous ses frères
des départements voisins.

Chacun d'eux a des titres à notre affection, à notre reconnaissance ; car tous ont servi courageusement et sans dévia-
tion la cause sacrée de la démocratie.

La Commission croit aussi être l'interprète des sentiments
de l'assemblée entière en exprimant le vif regret qu'il n'ait
pas été possible à Félix Pyat de venir prendre part à notre
réunion.

Le talent littéraire de Félix Pyat, ses drames aimés du
peuple, sont connus de la plupart d'entre nous; mais son
ardent patriotisme nous a été complétement révélé depuis
la révolution de Février; à cette époque, pierre de touche
de tant d'ambitieuses médiocrités, Félix Pyat, nommé re-
présentant du peuple, se démit de fonctions de commissaire de la République. Il pensait, avec raison, qu'un citoyen ne peut exercer à la fois deux fonctions distinctes.

Noble exemple que n'ont pas imité tous ses collègues élus à l'Assemblée nationale !

Félix Pyat siége, il a toujours siégé parmi ces démocrates éprouvés que n'effraient pas les clameurs, les injures des réactionnaires. Il est, il sera toujours, l'un des plus énergiques défenseurs de la vraie République, de cette République qui réclame la suppression absolue de la peine de mort, de cette République qui veut la fraternité entre tous et la réalisation des théories sociales dont l'avenir nous réserve l'application.

Quant à Ribeyrolles, vétéran éprouvé de la presse démocratique, rédacteur en chef de la *Réforme*, il a pris une part incessante à toutes les luttes de ce courageux journal contre l'odieux système de Louis-Philippe. Ribeyrolles a contribué activement au renversement de la monarchie. Grâces lui soient rendues ! Il persévère dans cette noble voie, car sa tâche n'est pas accomplie, et le peuple attend encore les améliorations qui lui ont été promises.

Comme l'a si bien dit un orateur au banquet de nos frères de la Meuse, la vie de notre ami Léoutre est consacrée à la propagation et au triomphe des idées démocratiques. Lui aussi a résigné ses fonctions de commissaire de la République, quand ceux qui soutenaient les principes proclamés en Février furent obligés, par la réaction, de quitter un pouvoir qu'ils partageaient avec d'autres hommes plus soucieux de conserver leur position que de maintenir les droits du peuple. Léoutre est devenu gérant de la *Réforme*, et le peuple, le peuple le retrouvera encore au premier rang de ses défenseurs quand l'existence de notre chère République sera sérieusement menacée.

Honneur aussi à Mathieu d'Epinal, l'un des martyrs de la démocratie, l'infatigable lutteur, à Mathieu, soutenu par sa foi vive dans les cachots de la monarchie, et qui, rendu enfin à la liberté, a refusé le poste de gouverneur d'un ex-château royal, parce qu'il ne voulait pas rester inactif dans la lutte engagée déjà entre ceux qui vivaient des anciens abus et les hommes généreux qui voulaient le triomphe des idées démocratiques et sociales !

Honneur enfin à vous tous, démocrates des départements voisins, qui êtes venus communier avec nous ! En retournant dans vos foyers, vous direz à vos concitoyens que comme vous, comme eux, nous travaillerons toujours à obtenir :

La liberté d'association et de réunion,

La liberté de la presse,

2.

L'inviolabilité de la presse et de la liberté individuelle,

L'instruction gratuite pour tous,

Le droit au travail,

L'organisation du travail ou l'association des travailleurs de chaque profession,

Des asiles pour les travailleurs invalides,

Et l'impôt progressif, remplaçant l'injuste impôt proportionnel.

Fidèles à ce programme, voulant sincèrement le bien-être moral, intellectuel et physique des travailleurs, nous marcherons tous ensemble, frères, à la conquête pacifique des droits qui nous sont maintenant contestés. Le peuple, éclairé sur ses véritables intérêts, obtiendra un jour ces droits par l'action irrésistible du suffrage universel.

Toste remis par le citoyen **Mathieu** (d'Epinal):

Aux Apôtres de la démocratie, à nos Frères victimes de la contre-révolution.

Citoyens,

Les jours d'épreuves révolutionnaires ne sont pas encore passés, car nous avons des amis renfermés dans le donjon de Vincennes; nous en avons aussi dans les cachots de Limoges et de Rouen. Qu'il me soit permis en cette réunion toute fraternelle, toute populaire, de leur donner un souvenir que vous partagerez, sans doute. Honorons-nous nous-mêmes par cet acte de sympathie qui parviendra jusqu'à leurs oreilles et leur portera ainsi une douce consolation.

Il y a bien des siècles déjà que les apôtres de l'égalité et de la fraternité ont paru sur la terre pour confesser la foi humanitaire, et hâter le progrès social que d'innombrables martyrs ont scellé de leur sang. Ils se sont, à toutes les époques, succédé sans relâche dans cette œuvre glorieuse de dévoûment absolu en faveur des opprimés contre les oppresseurs. Aujourd'hui, citoyens, la tâche n'est pas finie, puisque nous nous retrouvons, le bâton de voyage du propagandiste à la main, pour nous entendre d'un bout de la France à l'autre, et harmoniser entre nous les moyens et les efforts qui devront triompher des ennemis de la République, dans la grande lutte électorale qui va commencer le mois prochain.

Et, voyez, c'est un vétéran de la démocratie, aujourd'hui sous les verroux de la réaction, que Paris révolutionnaire, Paris démocratique et social, vient d'adopter à l'unanimité pour son candidat à la direction de la France républicaine.

Unissons-nous donc, citoyens, mes frères, dans cette pensée commune de la ville qui recèle en son sein le pur germe de nos destinés sociales et de l'avenir de l'Europe. Paris est la tête et le cœur de la France; convergeons tous vers ce centre puissant d'unité, et prenons désormais pour devise cette formule :

« Solidarité républicaine ! »

Toste **A L'AMNISTIE**, envoyé par le citoyen **Quillot**, de Corcieux, ancien commissaire de la République, qui n'a pu se joindre à la députation des Vosges, à cause de l'état momentanément impraticable des chemins de ses montagnes :

Citoyens,

Au succès de la proposition dont l'initiative vient d'être prise par les députés de la Montagne !

Que le gouvernement le sache, la France entière applaudira à cet acte de réconciliation ; car chaque département a fourni son contingent à l'infortune, et les adieux douloureux des déportés de juin résonnent au cœur de bien des familles veuves. Le temps des calomnies est passé; on sait aujourd'hui quelle foi on devait ajouter aux récits des feuilles royalistes, et les débats des conseils de guerre ont appris à tous que les insurgés n'étaient pas, comme on a osé le dire, des forçats libérés, des repris de justice et des cannibales. Qu'ils reviennent donc au milieu de nous, ces pères de famille, ces laborieux ouvriers auxquels d'atroces souffrances avaient mis les armes à la main ; qu'ils reviennent, et puisse leur retour effacer jusqu'à la dernière trace des malheurs de la guerre civile!

Citoyens, à une prochaine et complète amnistie !

Toste **A L'AFFRANCHISSEMENT DE LA PRESSE**, adressé à la Commission par le citoyen **Lobstein**, rédacteur du *Républicain alsacien*, au nom des démocrates de Strasbourg :

Citoyens,

C'est un toste que l'on doit s'étonner d'entendre porter aujourd'hui;.... c'est un toste qu'il ne devrait point être permis de porter sous la République démocratique, car il est une calomnie contre son essence et son principe;.... et cependant, nous sommes réduits à le proposer, non pas à vous, citoyens, non pas aux héros qui ont fait la révolution de Février, et dont j'aperçois ici de glorieux compagnons, mais c'est un cri que nous devons faire retentir aux oreilles de ceux qui s'occupent d'immoler à la peur ou à leur haine les libertés de la France.

Oui, ils en doivent un compte sévère, les hommes qui, méconnaissant la souveraineté du peuple et les causes de la Révolution, ont osé, en peu de mois, porter une main parricide sur nos droits les plus sacrés!

Où sont, en effet, les droits du peuple qu'ils aient franchement acceptés et respectés?

La liberté des réunions, ce droit naturel de l'homme en société, qu'en ont-ils fait?

Ils la poursuivent dans les banquets, eux qui ont acclamé à la Révolution, au nom de la liberté de réunion; ils la poursuivent dans les clubs, eux qui ont conspiré dans les sociétés secrètes; ils la poursuivent dans les attroupements, eux qui tonnaient jadis contre les agents provocateurs, eux qui hurlaient à la vue d'un sergent de ville!

Liberté des votes, liberté du suffrage universel, source originelle et principe vital de toutes nos conquêtes démocratiques, qu'ont-ils fait et que vont-ils faire de vous? Ils vous proclament bien haut la patrone de la République, la sauvegarde de nos institutions, ils sont prêts à danser devant l'arche sainte,..... à la condition qu'ils auront seuls le monopole de cette précieuse conquête, qu'ils savoureront seuls les fruits du suffrage universel?

Mais toi, liberté de la presse, fille de la pensée, mère de tous les droits, protectrice de tous les intérêts, qu'es-tu devenue? Ils t'ont reniée, ces Judas qui, pendant 18 années consécutives, ont eu la patiente hypocrisie de s'en proclamer les plus fougueux apôtres, les plus courageux martyrs; ils t'ont frappée les premiers, eux qui te doivent leurs préfectures, leurs ministères, leurs présidences!

Celui-ci, avocat austère, infatigable champion, armé de pied-en-cap, contre les lois de septembre, a pendant 18 ans dirigé la presse contre la justice, pour se donner le droit de diriger la justice contre la presse.

Celui-là, journaliste intrépide, toujours prêt à pourfendre les abus, à redresser les torts, fulminait d'implacables *verrines* contre les Gisquets du temps, et se prélasse aujourd'hui au sein des plus nobles voluptés, se mirant avec orgueil dans les glaces étincelantes d'un palais de fraîche date, dont il essuie les murs avec une fastueuse satisfaction.

Est-ce donc là ce que nous avons rêvé, et pour les choses et pour les hommes? Que les citoyens d'une intelligence vulgaire aillent d'une opinion à l'autre ; qu'ils abandonnent leur camp parce qu'ils se trouvent mieux ailleurs, nous le comprenons, et nous pouvons le pardonner ; mais que des hommes, jadis l'élite du barreau et de la presse, foulent aux pieds les principes pour lesquels ils ont combattu, qu'ils renient un passé qui les a comblés d'honneurs, c'est de l'ingratitude, citoyens, c'est de la trahison ! Il faut les exclure de la phalange démocratique, ceux qui vont chercher des lauriers dans la boue royaliste.

Et nous, serrons nos rangs pour défendre pied-à-pied les libertés qu'ils nous ont laissées, et pour reconquérir celles qu'ils ont enlevées au peuple.

Un jour viendra où les subtilités et les fictions disparaîtront, où l'écrivain qui revendiquera la responsabilité de son œuvre, aura le droit de revendiquer des juges ; où les licences de la presse ne seront plus expiées par la prison et l'amende, mais réprimées par des moyens plus dignes de la vie sociale, où la presse elle-même dégagée de ces puériles entraves, de ces formalités sans fin que lui a imposées la méfiance monarchique, sera accessible à toutes les capacités riches ou pauvres, à la plume fortunée comme à la main du prolétaire, où le droit d'instruire et d'éclairer le peuple ne s'achètera plus au moyen d'un cautionnement, où la liberté de la presse enfin amènera le règne de la vraie démocratie, ou sera consacrée par elle.

Jusque-là, citoyens, jetez ce cri que je répète avec douleur :

A l'Affranchissement de la Presse !

Ce toste avait été précédé de la lettre suivante :

Chers citoyens,

Nous avons été profondément touchés, mes amis du *Républicain* et moi, de l'invitation par laquelle vous nous conviez au Banquet démocratique de la Meurthe. Si nous n'avions dû écouter que les sympathies qui nous attirent si invinciblement vers vous, nos frères, nous serions accourus pour sceller avec les hôtes du banquet cette union dont les fondements ont été si cordialement jetés lors de nos fêtes. Mais un autre devoir de patriotisme nous retient à Strasbourg. Vous savez que le *Républicain* est en état de suspension depuis une dizaine de jours ; mis en demeure de fournir du jour au lendemain un cautionnement de 6,000 francs, nous avons dû cesser de paraître momentanément et nous occuper de satisfaire le fisc. Il est arrivé alors ce qui arrive toujours en pareille circonstance : nous avons trouvé des mécontents, des indifférents, des exaltés qui ont voulu punir le public de son insouciance en supprimant le journal. D'autres et avec eux, nous, qui avons sacrifié notre temps et notre argent au développement périodique de nos convictions, nous sommes restés sur la brèche, et le moment n'est pas éloigné où nous rentrerons dans la lice pour combattre les ennemis de la République. Vous comprenez que pour nous acquitter de ce devoir, nous devons rester à notre poste et ne perdre ni un jour, ni un instant pour ramener dans les rangs démocratiques l'ardeur, la discipline et l'union qui seules fonderont la force du parti.

Vous voyez, citoyens, quelle amère source de regrets nous prive du plaisir d'aller vous serrer la main. Si quelque chose pouvait encore ajouter à ces regrets, ce serait d'avoir eu l'occasion de nous asseoir à une table qu'aurait honorée la présence des Pyat, des Ribeyrolles, des Léoutre, et d'avoir laissé échapper cette occasion de fraterniser avec d'aussi grands citoyens. Mais forts de la conscience du devoir qui nous retient ici, nous laissons saigner nos cœurs et nous redoublerons d'efforts pour que nos concitoyens donnent à notre affliction la seule compensation possible, celle de relever le drapeau de la démocratie que les premiers nous avons arboré dans notre département.

Nous vous remercions, citoyens, de votre bon souvenir et de votre fraternelle invitation. Absents de notre personne de la solennité qui va vous réunir, nous y serons par la pensée, comme aujourd'hui déjà nous nous associons par le cœur à cette fête de la liberté.

Dans l'amertume qu'excite en moi la suspension du *Républicain*, j'ai songé à porter ou du moins à vous transmettre un toste *à l'affranchissement de la presse*. Je vous l'enverrai demain, citoyens, et si vous ne le trouvez indigne de succéder aux patriotiques accents qui se feront entendre à votre banquet, vous le porterez en mon nom; ce sera pour moi la plus douce consolation du triple regret que j'éprouve en ce moment.

Recevez, chers citoyens, et veuillez faire agréer à tous les amis qui ont conservé un bon souvenir des démocrates strasbourgeois, nos fraternelles et patriotiques salutations.

LOBSTEIN.

Strasbourg, le 10 novembre 1848.

Dans l'intervalle des tostes, l'orchestre jouait des airs patriotiques, l'assemblée chantait avec enthousiasme des hymnes républicains.

Nous exprimons à cette occasion des remerciements aux citoyens qui nous ont donné des chants inédits. Nous avons reçu avec reconnaissance les cantates dédiées aux démocrates de la Meurthe par les citoyens Vasseur et Pilati, de Paris, au talent et à l'obligeance desquels nous les devons.

Nous avons entendu avec plaisir les morceaux qui ont été chantés par nos frères de Toul.

En voici la poésie :

Les Républicains de 1848.

MUSIQUE DU CITOYEN TROPPIN *(de Toul)*.

Eh quoi ! nous sommes à genoux,
Courbés sous le poids de nos chaînes !
Quel sang circule dans nos veines ?
Quand enfin nous lèverons-nous ?
En proie à de lâches alarmes,
Nous laissons envahir nos droits ;
Républicains, prenons les armes !
A bas les rois, à bas les rois !   } Bis.

Ils nous disaient : Tremblez, sujets !
Tremblez ! car nous sommes vos maîtres.
Et des hommes rampants et traîtres
Proclamaient leurs sanglants arrêts.
Pour eux seuls était la puissance,
Leur volonté faisait les lois ;
Que notre règne aussi commence !
A bas les rois, à bas les rois !   } Bis.

L'espoir au cœur, le glaive en main,
Les pieds poudreux, la tête altière,
Courons briser chaque barrière
Qui divise le genre humain.
La mort va déployer ses ailes ;
De nous dût-elle faire choix,
A ce serment soyons fidèles !
A bas les rois, à bas les rois !   } Bis.

Dans le sang noyons les tyrans,
Imitons nos généreux pères ;
Et soudain d'innombrables frères
Viendront se placer dans nos rangs.
Amis, de la céleste fille
Entendez la divine voix ?
Fils des vainqueurs de la Bastille !
A bas les rois, à bas les rois !   } Bis.

Le chant des Travailleurs,

CHANTÉ PAR LE CITOYEN SADLER *(de Toul)*.

AIR : *En avant, courage.*

Amis, voici le rendez-vous ;
Le devoir ici nous appelle ;
Mais pour bien nous soutenir tous,
Il faut que chacun soit fidèle.
Oui, travaillons sans cesse avec ardeur
A notre bien, à la cause publique,
En répétant : Vive la République !
Elle vivra malgré ses détracteurs.
Honneur, honneur aux braves travailleurs,
De qui dépend notre bonheur! (Bis.)

    En avant, courage,
    Chantons tous en chœur,   } Bis.
    La main à l'ouvrage,
    Braves travailleurs !

A chaque instant nos ennemis
Versent sur nous la calomnie ;
Cette arme digne de mépris,
Convient à l'aristocratie.
Pour déjouer leurs propos, leur fureur,
Répondons-leur toujours par le silence ;
Et pour prouver que jamais médisance
Ne trahira nos efforts et nos cœurs,
Crions : Honneur aux braves travailleurs,
De qui dépend notre bonheur !
    En avant, etc.

Mais vienne le jour des combats,
Au lieu de se laisser abattre,

Aussi bien que de vieux soldats,
Les travailleurs sauront se battre.
Mais du combat pour sortir les vainqueurs ,
Et des tyrans venger partout nos frères,
C'est en restant unis comme nos pères ,
Que nous serons toujours triomphateurs.
Honneur, honneur aux braves travailleurs,
De qui dépend notre bonheur !
   En avant, etc.

Veillons sans cesse à soutenir
La République, notre mère.
Il nous faudrait plutôt mourir
Que de voir des rois sur la terre.
Sur ce drapeau , symbole de l'honneur,
Jurons ici de toujours la défendre ;
Jurons encore de ne jamais nous rendre :
Que ce serment soit gravé dans nos cœurs !
Honneur , honneur aux braves travailleurs ,
De qui dépend notre bonheur!
   En avant, etc.

Cantates offertes aux démocrates de Nancy par les citoyens Vasseur et Pilati, de Paris ; le premier, auteur des paroles, le second, auteur de la musique.

Cantate patriotique.

Enfin la France , au vent de sa colère,
A dispersé des maîtres insolents :
Pendant trois jours le géant populaire
A combattu sur les pavés sanglants.
Le lendemain de sa lutte féconde,
Le genre humain s'éveille racheté.
Nous porterons jusques au bout du monde) Bis.
  La liberté, l'égalité.   )

Par tes enfants, sois bénie, ô Patrie !
Tu nous promets des destins glorieux !
De ton drapeau, que la gloire déplie,
Va resplendir l'arc-en-ciel glorieux !

À ton appel, que chaque voix réponde,
Vers l'avenir guide l'humanité !!
  Nous porterons, etc.

Tourne un moment les yeux vers la frontière,
Des amis seuls en prennent le chemin ;
Pour t'admirer, l'Europe tout entière,
Se tient debout en te tendant la main !
Le czar, au bruit de l'orage qui gronde,
Devant ton front courbera sa fierté !...
  Nous porterons, etc.

Ta voix, au loin, gronde comme la foudre ;
Déjà du Rhin ont tressailli les bords ;
L'épée au flanc, Berlin, tout noir de poudre,
Dit à son roi : " Tu salueras mes morts ! "
Et le tyran, dans sa terreur profonde,
Vers leurs cercueils se penche épouvanté !
  Nous porterons, etc.

Pour t'accabler, si de guerres impies
Les rois un jour relèvent le drapeau ;
Les nations, trop longtemps assoupies,
De sceptres vains briseront le faisceau !
Sur chaque mer, une nef vagabonde
Emportera leur triste majesté !
  Nous porterons, etc.

————◦◦◦———

Les Marins de la République.

CANTATE PATRIOTIQUE.

A nous, marins ! frères, à nous !
La République nous appelle,
Le ciel est bleu, l'air pur et doux ;
Au soleil la vague étincelle.
Ce soir dans leur douce clarté,
Pour nous souriront les étoiles.
Partout le flot tombe dompté,
Un vent propice enfle nos voiles.

    Portons, portons, fils de la Liberté,
    A travers l'immense Atlantique,
    Le pavillon si redouté   (bis)   bis.
    Des vaisseaux de la République.

Si l'orage grondait demain,
Qu'importe aux enfants de la France !
Si le combat vient en chemin,
Qu'il retrempe notre vaillance !
Allons, aux bords les plus lointains,
Annoncer la grande nouvelle :
La France a sauvé les destins
Des peuples qui souffraient comme elle.

    Portons, etc.

Il est libre, enfin, l'Océan !
Libre ! au nom de notre patrie ;
Partout, du levant au couchant,
Que la terre entière le crie !
Plus de maître aux flots vagabonds !
Plus de suzerain sur les ondes !
Pour tous les peuples nous ouvrons
Le libre chemin des deux mondes.

    Portons, etc.

Au souffle des vents emporté,
Ton beau vaisseau, mon capitaine !
C'est l'arche de la liberté
Qui sous l'œil de Dieu se promène !...,
Si quelque croiseur insolent
L'aborde en un jour de démence :
Engage un combat de géant !
Feu partout !!! et vive la France !!!

    Portons, etc.

La fête s'est terminée par une quête, proposée par le citoyen Thomassin, au profit des familles des transportés de juin ; le produit de cette quête s'est élevé à 113 fr. 50 c.

L'ordre le plus parfait a constamment régné. Nous n'avons eu à regretter que les interruptions de deux hommes avinés qui sont entrés avec le public souscripteur. Le cri de *Vive Napoléon !* proféré par ces deux hommes et les murmures qu'ils ont soulevés, ont agité un instant l'assemblée, dont le cri unanime et cent fois répété a été *Vive la République démocratique et sociale !*

Nous signalons avec bonheur que toutes les pensées

généreuses, exprimées par les orateurs, étaient le mieux accueillies par l'assemblée. Nous aurions voulu que tous *les républicains honnêtes et modérés* assistassent à cette imposante réunion. Ils auraient peut-être compris combien les masses sont bonnes, et ils auraient cessé de les teindre en rouge, de les calomnier et de les craindre.

Le Banquet inauguré sous les auspices du *Travailleur* profitera à la cause populaire. Nous ne pouvions pas désirer un témoignage plus éclatant des progrès du socialisme dont nous nous sommes faits ici les apôtres dévoués.

Que tous les citoyens qui protestent contre l'escamotage des révolutions, que tous ceux qui veulent fermement que la République soit féconde et se traduise en institutions sociales et bienfaisantes, comprennent bien la communion républicaine ; que les travailleurs s'unissent, se concertent, qu'ils propagent, ici, comme partout, avec ardeur et dans la mesure de leur influence les doctrines que nous professons avec eux : le succès de la démocratie sera certain, et il n'y aura bientôt plus qu'à en attendre l'heure !

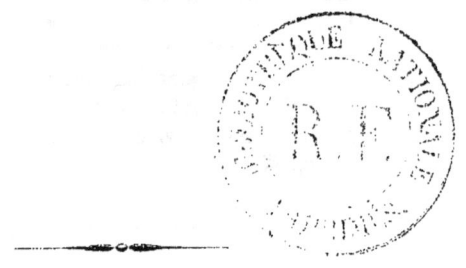

NANCY. — TYP. ET LITH. DE NICOLAS, PASSAGE DU CASINO.

www.ingramcontent.com/pod-product-compliance
Lightning Source LLC
Chambersburg PA
CBHW060837180626
46818CB00004B/1489